歌集

まほろば

鈴木かず

Suzuki Kazu

六花書林

まほろば ＊ 目次

装幀　真田幸治

まほろば

銀色のドア

闘牛の絵はがき届く衰へぬ暑さに閉口してゐる真昼

焼きたてのホットケーキに滴らすメイプルシロップは空蟬の色

夜の河渡りそこねて暁の岸辺にたゆき身をゆだねゐつ

あと一歩をとまどひし間に閉ざされぬ快速電車の銀色のドア

低く垂れ動かぬ雲の頑固さが何とも親し今朝の我には

ゆづらざる意志を包めるやはらかき言葉に決断せまられてをり

黄の点滅

一番の電車過ぎゆく音がせりいまだ幼き騒音の中

明け方の夢を打ち消し打ち消して雲の行く方を占ひてをり

きのふより一羽の鴉にこだはりぬ羽に見切りをつけたるやうな

言の葉の裏のうらまで翻し風は口笛吹きてよぎりぬ

信号機黄の点滅に移行してあなた任せは許されぬ夜

寒天にたつぷりの蜜注ぎつつやはり隠しておかむと思ふ

五月

けなげとも思へるほどに実をつけて甘夏柑は柔軟に立つ

甘やかな誘ひにのれば頭の芯を突き刺すやうな酸味に会ひぬ

地下街を出でて大きく息をせり厚きコートを脱ぎしごとくに

金粉を振り撒くやうに新緑は日差しを浴びて風にそよげり

子とわれの生れし五月といふのみにこの季が好きと諾ひ来たり

わが知らぬ夫の時間娘の時間は夜間飛行機を見上ぐるごとし

子の前をわれは無益な川となり流れてをらむ止むに止まれず

伸びまどふ枝もみどりの内深く抱きてえごは風にそよげり

南蛮ギセル

やはらかき夕日を背《せな》に受けてゐるわたしの後ろに誰も来ないで

ひと鉢の白き風蘭明け方の夢より淡く昏れ残りゐる

湯上りの赤子のやうに曼珠沙華雨に煙りぬしのつく雨に

ひつそりとすすきの根方に寄り添ひて南蛮ギセルはほの明るみぬ

きつかけを探してゐたら日が暮れて何も言へずにかへつて良かつた

冬の薔薇

今時分咲くのはよせよと言ふやうに薔薇の蕾に北風が吹く

諦めが悪いわけでも呆けゐるわけでもなくて冬の薔薇咲く

今朝逝きしタロウの足跡ほろほろときのふの雪の上に残れり

言ひさしの残りの言葉をつきつめて聞きたる罪の深さに靄は

朝々を手加減なしにわが姿映す鏡の前にまづ立つ

ナイル川

昨日見しピラミッドの闇漂ひぬ水たばこを吸ふ人のめぐりは

対岸に沈む太陽の的となるナイルを下る船のデッキに

ナイル川下る船室に子と眠り暗く豊けき水嵩思ふ

ま昼間のま白き闇にをののきつ王家の谷の深きより出て

列柱の吐息にあらむちぎれ雲カルナック神殿の上にたゆたふ

ラムセスの像ははるかを望み立つその足元に人を引き寄せ

ピラニアのごとき光が束になり我に降りくる冬のアスワン

春の雪

大屋根の雪が小屋根の雪さそひ小気味よき音立てて地を打つ

春雷がころがるごとく屋根の雪家を揺すりて家族も揺する

春の夜の雪は華やぐたつぷりと水を含みてどこか醒めつつ

故もなく心渇けば春の坂登りて淡き黄身しぐれ買ふ

熱高くひとり臥す昼うつつにてしきりに恋ひし母の白粥

タンポポの綿毛のひとつさ迷へり舗装道路に未来はありや

雷がま上に来たりぐづぐづと降りゐし雨をふるひ立たせて

うら盆会

山深き村にも人の数ふえて一月《ひとつき》遅れの盆近づきぬ

折りたたみ椅子を貸しくれし人のあり新幹線の通路に立てば

女郎花　朝顔　風鈴　うら盆会　まだ母のゐるふる里がある

迎へ火をたきしこの夜は父よ父せめてわが見る夢に出で来よ

ふる里の記憶にやさしき天の川子の見るアニメにしたたりやまず

須臾といふ時を好みて食むならむ名のみ聞く鳥迦陵頻伽は

眠れねば

何気なく聞きゐし言葉が唐突に鋭く光り旋回始む

この闇に何が見ゆると思はねど眼とざせりひしと閉ざせり

ふる里に日本狼の像暗し山に向ひて大き口あく

しをり戸を風がたたけばよろよろと日本狼来しかと思ふ

またひとつ時代の鱗はがれ落つ黒澤明静かに逝きぬ

はんなりと眠る日本列島を浮かべて海は深き沈黙

ぎりぎりの所で人はあやふやに許してしまふ多分わたしも

笑はせて笑はせられてなにがなし寂しくなるまで笑ひてゐたり

浄水器を通せるごとき語らひに喉の奥まで渇きてをりぬ

眠れねば枕の位置を変へてみむ南向きよりいつそ北へと

降り込められて

昆虫の足は幾本　あかつきに冷えたる我の手足さすりぬ

キッチンの隅にごきぶり追ひつめて追ひつめられてをりたり我も

沼底のごとく二丁目界隈は降り込められて昼おぼつかな

沼底は二丁目丁度この辺り今は鴉のたむろする町

ともすれば我に寄り来る哀しみと並びて聴きぬ黒人霊歌を

門出

もみぢには少し間のある箱根訪ひ若き二人の門出を祝ふ

雨の日の森の小さきレストラン二人をことほぐ声がはじける

白き腕あづけられつつおぼつかなバージンロードに父なる人は

憂ひの埒

まづドアをたたいてごらん心配の先取りばかりしてゐるあなた

古ぼけていと重たげなドアの奥座り心地のよき椅子待たむ

山椒の若き芽両手にこんもりと摘みて来たりぬぬか雨の中

子が病めば老いたる母の一人居もわれの憂ひの埒を出でゆく

その電話切れたるのちに芽生えたりぶだうの房のごとき不安が

心の鱗

雲のなき空に逆立ちするごとく力をこめて両手押し上ぐ

灯台を背にしてわれの写されしかの石廊崎は訪にず帰りぬ

朝靄の山に向ひてただひとり外湯にあふるる湯の音聞きぬ

一人子の恋と言ふには淡すぎる心ゆらぎに共に揺れをり

銀ねずのすばやき風がはすかひに木の葉鳴らして雷近づきぬ

いなづまと雷の間近きとどろきに心の鱗はがされてゆく

いづくにて撞く鐘ならむ煩悩は濃く一点にしぼられて聞く

プラハの地図

夕ぐれをカフカの城を追ふごとく西へ西へと路地をたどりぬ

膝の上のプラハの地図に揺れやまず白樺新樹をもれる日差しは

気まぐれに降り出す雨と雨の間に怒りのごとく強き日差せり

まどろみの中より続く蟬の声カーテンコールのごとく続きぬ

沈香

日ぐれには吸はるるごとく帰り来て何はともあれ灯りを点す

思ひやる心のごとき色をしてのうぜんかづらは暮れ残りゐる

心根のやさしき人と別れ来て暮れ初むる街に沈香求む

物まねのショウに声立て笑ひをり似れば似るほど心は寒く

まぎれなき己の汗を流しつつ舞台の上に続く物まね

ジャックと豆の木

坂道を登りつめれば弟の家がたつぷり日を浴びて建つ

末っ子の一人娘もその父と歩かなくなり犬が従ふ

富士山の遠くに見えるリビングに深く日を溜め弟が住む

アパートの窓に「ジャックと豆の木」を一鉢育てて少女は明るし

十糎そこらの「ジャックと豆の木」に訳の分からぬ夢を託す子

豆の木の幹は太りぬまろき葉のひとつひとつに勝手な夢が

豆の木を登り切れると信じゐる子には見えざり吹雪く空など

うからとふ殻破らむと企むか子の目に不思議な明るさあふる

十五歳の面影

十五歳の面影のみを頼りとし展望室の一角に待つ

年経れば経るほど愛しきふる里のことばを友も暖めゐたり

家族でも恋人でもなき幼友《をさなとも》この温もりは何なのだらう

遠き日のその父母の顔をせる友らふる里の匂ひも持ち来

ひつそりと呑みゐし友が突然に声はり上げて校歌をうたふ

休暇

枯れ初めしあぢさゐ濡らす雨分けて登山電車はゆるゆる登る

休暇とり来たる箱根の湯の宿に夫はよく寝るきのふも今日も

七月の山の暗さを言ひながら箱根神社の木かげに夫と

ふる里の大和より来ぬまほろばのごとき従妹が汗を拭きふき

まほろばのやうな従妹が樹下美人のやうなその姪伴ひ来たり

はるばると来たる従妹はふる里の夜明けの色に爪を染めゐる

伸びのびと縦にも横にも育ちたる従妹はバラより野の花好む

ハンムラビ法典

平熱のごとき気分を持て余しシドニー・シェルダンまた読み始む

騙したる人にまんまと騙されし所でやつと栞をはさむ

冷えびえと核には核の世紀末ハンムラビ法典に人垣出来ぬ

お互ひに振り返らずに帰らうと言ひたるわれがまづ振り返る

信仰の匂ひの殆どしなかつたそんなあなたが大好きだつた

日照り雨のやうなあなたのその言葉理解出来ない好きになれない

綿菓子のやうなあなたの褒めことば聞き終はるまで萎まずにゐて

うす紙に心をくるんでゐるあなた青いリボンを送りませうか

雪

しつかりと炬燵に足をうばはれて雪のひと日が暮れてしまひぬ

落ちさうでなかなか落ちぬ軒先の雪にエールを送りたき朝

なんと言ふ不様なだけど懸命な形と思ふ軒端の雪は

われの目に寒の鋭き風当たり涙あふれてあふれて歩く

終電に帰り来し子は起きて待つ我より先にまくしたてたり

雪の道長靴持ちて駅に行く子離れせよと詰め寄りし子に

きさらぎの雪に折られし大き枝桜の小さき花芽吹きゐる

雪を置く木の枝大きく弾ませて庭を一瞬白き風過ぐ

さくら

誘はれて桜あふるるわが町を出でて遠くの桜見に行く

ひたむきになるを忘れしわれの目に咲き極まりし桜はまぶし

かんざしを付けたるやうに桜木の幹は小さき花房つけぬ

さわがしく桜咲く坂登りつつ頭の芯まで白くなりゆく

傲慢に咲けば咲くほど褒めらるるさくら見にゆく何はさておき

もう少し慎ましやかに咲けさくらひとり見るには疲れてしまふ

花冷えの夜のさくらは人工の光に晒され月より白し

お互ひに子との意見のくひ違ひ似たれば友と息まく茶房

小さなペンション

雨しぶく伊豆高原の林道をぬけて小さなペンションに着く

やうやくに探し当てたる白き宿あぢさゐ溢れ雨にぬれゐる

雨の夜を明るく点る食堂に人影少し地ビールたのむ

宿近き川の瀬音を夜明けまで激しき雨と思ひてゐたり

その恋の季節も逝くかほうたるの放つ光の弱く小さし

遠い遠い記憶

差し出し人不明のはがきの海青く広がりつづく果てしもあらず

遠い遠い記憶のやうに浮かびをり白いヨットがはがきの海に

ぼんやりと薔薇を見をればその横の沙羅が散るなり脈打つごとく

雨と言ふ予報のあと押しするやうに大き欅がうねり始めぬ

またしても黄の信号を走りぬけ何か得した心地にをりぬ

うちの電話は

電話機に少しも先に進まない身の上話の続く夕ぐれ

それではと言ひぢやあまたと言ひながら受話器の声が追ひかけて来る

やうやくに電話は切れぬ夕ぐれに悲しみだけを置き去りにして

子とわれの声音の区別あやふやに他人《ひと》に送りぬうちの電話は

砂時計の淡きブルーが落ち切ればまた返しをり啓示待つがに

無精せず雛を飾れと掌の金米糖の角がさやぎぬ

我宛に子のパソコンに入り来たるメールの返事は葉書に書きぬ

富士山

寡黙なる父が好みし柚子あまた浮かべて夜更けの湯につかりゐる

父母の顔見るごとく富士山は不思議な山なり見えねばさみし

富士山と言ふ声がして大方の人が右向く下りののぞみ

山近く生き来しわれに磯の香はひたすら未知の不安を呼びぬ

名阪の上に付きたる東の字は東名出で来しわれを揶揄せり

今夜中に仕上げねばならぬことひとつ二時間ドラマを見しのち膨らむ

無理はせぬとやるべきことを止めて寝る無理して見たのは二時間ドラマ

益子の大皿

やさしかりし人の笑む顔浮かべども給ひし皿は割れて久しき

傷つけば慰めくれし人の声深く染みゐき益子の絵皿

白砂の浜のやうなる安寝《やすい》来よ惨きニュースは聞かずに眠る

人魚姫は足冷えてゐるむうす暗き海辺にひとり座りつづけて

何色のクレヨン塗れば消えるだらう迷ひもせずに描きたる道

壊してはまた組立てぬ言の葉が涼しき衣に包まるるまで

四十雀の若き番が鳴き交はす雨をはじきて枝から枝へ

長き長き前置きのあと明るみて拒絶のいともあつけなきまで

冬の花火

江戸切子われて煌めく幻影か冬の花火は湖上にひらく
はうたうの夕食早目にとり終へて冬の花火を窓越しに待つ

ゴスペルの音量あげて窓に見る音なく開く冬の花火を

温ぬくと冬の花火を見てをれば厚き硝子は父のやうなり

硝子戸に椅子引き寄せて見る花火無い物ねだりはそろそろ止めむ

江戸の長屋

声立てて笑ひたくなり地下鉄を降りて二月の演芸場に

笑ひたき人はおいでと提灯の赤きが点りて客席囲む

野次馬の一人となりて江戸の世の長屋に居りぬ夏昼下り

江戸の世の集合住宅は細長く親よりうるさき大家の声す

骨に皮張り付くごとき歌丸の「牡丹灯籠」聞く演芸場

下駄の音カランコロンと近づけば許す余地あり不意打ちよりも

威勢よきかみさん慕ひて住みゐるむか高座の地下に怪人ひそと

またしても隣の席の妹を叩きて笑ふ「ごめん」また叩く

ペンだこ

あきもせず花びら掬ひて浴びせ合ふ少年少女に光まつはる

残りゐるインクの量のくつきりと透けるボールペンに日記を書きぬ

ペンだこを知らぬ少女のしなやかな指が動きぬキーボードの上

一輪の桜を短き文に添へ筆まめだつた人に送りぬ

菜の花とペンネのサラダをキーボード叩き疲れた少女のために

火の雫

色形とどめて散りぬ夏椿忘れたきこと持て余す昼

落ちさうで落ちぬ小さき火の雫　か細き花を咲かす夜の庭

お互ひに知り合ふ前の年代のワインのコルク恐ごは抜きぬ

墨をするひまの想ひは省略し筆ぺんに書くのし袋の祝

目の前の飛蚊のごとき我ならむあとにも先にもひとり子汝には

大切に母は五人の子を育て他愛なきまで干渉せざりき

若き父若き母ゐてあの頃は笑ひ出したら止まらなかつた

縫針の先を火鉢の火に焼きて母は指《おゆび》の刺抜きくれし

針千本呑ませることも呑むことも好きぢやなかつた　ただ恐くつて

針もなく音も立てずに時示す時計回りを知らない時計

針インターに入れば母の住む村が加速し遠のく喧噪目指して

春が来るまで

ぼんやりと正午の空を見てをれば飛べぬ飛べぬと鳴る鳩時計

幾重にも歯に衣着せてしまひたり亀虫ゆつくり網戸をよぎる

海に向く二人の動かぬ長き影往きも帰りも踏みてよぎりぬ

繰り返し独り相撲の思案するのぞみの背もたれ少し倒して

線路沿ひに五キロ歩きて会ひに行く夕日のやうなお地蔵さんに

歩くうち心の疲れが少しづつ身体《からだ》の疲れに消されてゆきぬ

天井の木目大きなまひまひになりて誘ひぬ眠りの淵へ

「春が来るまで休みます」木枯しに捲れさうなり茶店《ちゃみせ》のはり紙

笑ふ気もさりとて泣く気もしない朝勢ひつけて七草きざむ

河津桜

遠き日の柱時計に光りゐし振り子の色に夏柑実る

冬の間の夏のごとくに眠りたし何はともあれ明日の為に

九十歳の母伴へり早咲きの河津の色濃き桜見せむと

一キロの土手を歩みてへなへなの母にすすめぬ熱き桜湯

桜湯と甘酒飲みて車まで歩める母の足軽くなる

卒寿なる母の手引きて来たるなり春の器の並ぶ売場に

如月の露天に求めし菜の花の煮びたし盛りぬ黒の漆器に

どんよりと曇りて寒の戻りたる夕方とろとろ甘酒を煮る

春日野

春日野の小さき教会の窓に寄り野守も寿げいとこの娶りを

高座《たかくら》の三笠の山に親しみし二人の誓ひは異教の神に

式場に白き手袋握りしめ大和の男の子涙ぐみゐる

春日野にたまゆら舞ひぬ風花が白きドレスを飛び立つやうに

御使ひの門出を祝ふいたづらか白きベールに風花光る

土用うしの日

我慢強くきのふの嵐に残り咲く桜を見上ぐ見上げ見直す

飛んでみろと言はれた気がして立ち竦む石段たつた二段残して

負の方に片寄る思考を振り払ひ土用うしの日ステーキ食べに

兎とも猫とも分かぬ影走る深きトンネルありさうな昼

雨傘

在りし日の父の体温とぢ込めて懐中時計は動かずなりぬ

戸が開き人形がまた回り出す待たれるよりも待つを選び来

引出しをいくつも開けて探し物は何だつたつけ「ＭＩＳＴＹ」聞こゆ

傘少し前にかしげてやりすごす今日は誰にも会ひたくなくて

かうもりと言ふには明るき花柄の雨傘ひらく秋霖の町

生れし家の屋号の書かれし破れ傘ほこり払へば祖父の声する

クマノミと磯巾着の棲む海の明るさに似む昼の雨降る

外灯に光る雨足つきぬけて誰かが誰かを呼んでゐるなり

今日のひと日は

風の手がついと伸び来てスカーフを掠ひてゆけり光る湖の面に

マフラーをきちんと畳み椅子の上に忘れゆきしか　置いて行きしか

チャルメラの音と隣の犬の声交互に聞こゆ風邪に伏す昼

葉脈のみ残りし柿の虫喰葉窓に見ながら喉に湿布す

間違ひし文字をひとまづ覆ひたる修正液が自己主張する

暖かき白とつくづく思ふなり人肌ほどの朝の牛乳

いつになき良き日となりぬ棒にふるつもりに出掛けし今日のひと日は

梅二、三輪

しわ深き顔が笑つてゐるやうな土壁の上に冬日が遊ぶ

無駄のなき北斎の波青すぎる心弱りし今日のわれには

みどりごの乳呑む口の形してほころび始む梅二、三輪

われもまた時には母に盾つきて来たりと思ふ雛かざりつつ

官女らが女雛囲みて公達の品定めせむ雨の今宵は

丸餅のやうな顔せる雛人形ホテルのロビーに目を細めをり

木蓮の蕾もこもこ膨らみて何とはなしにひな祭り過ぐ

下駄を投げ明日の天気を占ひき友達みんなが晴になるまで

救急車

昨夜来し回転鮨屋の角曲り夫は運ばる救急車にて

桜咲く日曜の夜のサイレンに道ゆづられてゐるのは夫

真夜中も点る新生児室が見ゆ明日手術の夫の窓より

病み上りの夫と夏柑もぎをれば何もなかつたやうに日が差す

真夜中の月下美人は声立ててひとり笑ひをするごと咲けり

我を呼ぶ鋭き声と目覚めれば風が吠えつつ風を追ふらし

日照り雨きらめく弥生の隅田川遊覧船がぽこぽこのぼる

明日には嵐とならむ雨に濡れ百合一輪がゆったり咲きぬ

パプリカの三色のピクルス仕込み終へ変りやうなき自分と思ふ

グラムより匁の方が何となくおいしい気がする新茶の頃は

改札口

年賀状のみに十五年経し人が改札口に背伸びして待つ

離りたる年月《としつき》たちまち縮みたり改札口に抱きしめられて

有り余る話の前にカロリーの低きランチを二人で選ぶ

しなやかに友のフォークは閃きてカロリーカットの肉を平らぐ

向ひ合ふだけで温とき人なれど心臓手術の大き傷持つ

心臓の手術の痕をブラウスに沈めて友は湖《うみ》の静けさ

姉様人形

五色豆の白をつまみて思ひをり姉様人形の細きうなじを

白塗りの若き女形の喉仏ふるへて絹の声吐き出さる

白塗りの女形の喉《のみど》見し科を負ひて下りゆく深き地下鉄

頭の中の磁石

若き耳のみが拾ふといふ音波圏外にゐて夕焼けを見る

頭の中の磁石の針は常に指す老いたる母の一人住む西

ＪＲ東海、近鉄、奈良交通乗りつぐふる里杉山暗し

乗る人も降りる人もなきバス停の裸電球いくつも過ぎぬ

夏柑に春のヨたゆく生れし家の柱に暗し振り子の時計

裏木戸に母の蛇の目はひっそりと畳まれをりき茜を内に

指の力弱りし九十歳《きうじふ》の母誘ひ共に弾きをり「日の丸の歌」

袋小路

退職を決めしをみなの髪長し傷つき易きくらげのやうに

粉ごなに光を千切りて散るさくらわが手のひらを巧みによけぬ

母と来て見上げてをりぬもういいよと微笑むやうな桜の花を

きのふ見た河津桜のくれなゐも覚えてゐない母の手を引く

まつすぐの雨は時折吹く風の平手打ち喰ふ春深き昼

やんはりと有無を言はさず断られ一本道を清すが帰る

その視野にたつた一人を置く人の頬白々と玻璃戸が映す

追ひ来たるセキセイインコに連れ込まるみどり重なる袋小路に

花柄の大きめの傘干されゐて袋小路はみどりの季節

命令形

信号は黄の点滅に切り替り町に眠りを呼び寄せてをり

真夜中の「止まりなさい」の大声にわれの眠りは引き逃げされぬ

「止まりなさい」深夜の空気を引き裂きて命令形が追ひかけてゆく

ふつつりと切られし眠りはやうやくに明るむ窓に再生さるる

パトカーの過りしのちを森の夢半分眠れる脳が見てをり

*

昨日までデイサービスに通ひゐし母を脳神経外科のベッドに置き来

モニターに繋がる母に何ひとつ我のすること出来ることなし

早口の医師の説明　充分に生きただらうと聞こえてしまふ

梅酒ロック

浅草へ雲行きあやふき娘を誘ふビートのきいたジャズを聞かむと

ジャズよりもオクラガンボが食べたくて思ひつきしか浅草のＨＵＢ《ハブ》

いつの間にかバーボン通りを歩くらし梅酒ロックを子は呑みながら

きのふよりわれを圧しくる暗き雲ドラムのソロに打ち砕かれぬ

ケイタイの緑の光したたりぬ真夜中過ぎの食卓の上

言ひにくいことも短くケイタイは雫のやうな文字を並べて

水恋ふる蛍のごとく連なりて駅に寄り来ぬ夜のタクシー

郵便句会

許してはならぬ一球捕手の手をそれて弾めり　今日原爆忌

雷鳴の近づきくれど雨は来ず足投げ出して夫は昼寝す

オリンピック、高校野球の賑はしき朝刊に子規の「郵便句会」

波状形に押し寄せてくる蟬の声君が代が鳴り日の丸あがる

こめかみがちりちり痛む今日ひと日遠近両用眼鏡かければ

道端に踏み砕かれしいちやうの葉片寄りながら色を忘れず

大正生れの母

がまんせず戻り来よとは言はざりき大正生れの母にしあれば

立ちのぼる霧が残せり幾千の杉の葉先に光るしづくを

生れし家の三十分おきに鳴る時計一夜慣れずに朝まで数ふ

思案して渡り終へたる橋なれば振り向く前に音なく消えよ

やうやくに忘れかけゐし関はりを揺り起こされぬ　短き電話に

言ひ終へし声は明るく「忘れてね」西の方より天気崩れ来

忘れよと言はるればなほ忘られず独りつきりの昼はなほさら

「忘れた」と何を問ひても言ひし母まぎれなく忘る言葉すべてを

桃色の溢れる花舗

垂れ込めて憂鬱さうな空の下桃の花咲く畑が続く
折からの霙をよけて桃色の溢れる花舗を背に人を待つ

濡れ衣のさほど重たくあらざれば心なだめて乾くを待たむ

思ひたくなき方に向く哀しみを止めがたく食む濡れ甘納豆

つつかれてゐる柚子の実もひよどりも光る雨受く分けへだてなく

スカートの裾は霙に濡れながら雛《ひひな》に飾る花抱き帰る

石段

小田原に求めししらす弁当を桜はつぼみの強羅に食めり

まだ咲かぬ桜の下の石段に陽は沁み込みて座れと誘ふ

をしどりの番の見える窓際に食ぶより喋る朝のバイキング

みなとみらい

快晴の朝の身体《からだ》が行きたがる乗り換へなしのみなとみらいへ

追ひかける何かが見えるかもしれぬ五月のみなとみらいは快晴

勇気出しひとり遊びをしてみむか一日乗車切符を買ひぬ

ひとりでは落ち着かなくて出で来たりあまり好まぬコーヒー飲みて

ドアノッカー

お気軽にお入り下さい　ブティックの硝子のドアは磨きぬかれて
ここに来て立ち止まるのは許さぬとばかりにドアはなめらかに開く

開けにくきドアの前には長居せず暖かさうな木のドア探さむ

子のドアをノックしながら唐突にカフカの「変身」頭をよぎる

われのみの白き扉を開け放ち真綿のやうな友と会ひをり

誰か来るそんな予感に真鍮のドアノッカーをみがく水無月

青葉区美しが丘

青葉区美しが丘の妹に桜並木をたどれば会へる

梅雨もまた楽しと記す友の文青きインクの細字が眩し

標識の「直進」　青葉が隠しゐて違反切符は慇懃無礼に

木の陰が廊下を青く染めてゐる聖路加病院　やつと呼ばれる

青い鳥ゐると信じてゐし頃のビー玉ひとつ曇りて出で来

もこもことびんの口より吹き出だす泡を惜しみき青空の下

海色のペディキュアの足長々と優先席に女子《をみなご》眠る

抱かるる為に爪先立つならね朝の電車に押されゐるのみ

踏まれたくなきおろし立て象牙色は三回踏まれて渋谷に至る

赤唐辛子

「万引は犯罪です」スーパーの壁が真面目に訴へてゐる

かぶれると解りゐながら唇を庇ひて食みぬマンゴー甘し

隠す程鋭き爪は持たねども肌色近きエナメルを塗る

吊るしたる赤唐辛子は魔女の爪あるいは帽子キッチンさやぐ

緑色のトマトのムースに銀の匙味もみないで拒否する人と

九月の木蓮

軽やかに咲きたき時に咲くもよし九月の木蓮空に映えをり

わるびれず咲く紫木蓮の花片に九月の雨は少し冷たく

別れ来てはやも会ひたし色のなき写真のやうに引きつけられて

付きゐたるひとつひとつの夢の色徐々に薄れて形もおぼろ

踊りの輪ぬけ来て二人の語らひし夢は阿騎野のかぎろひの色

秋の蚊の消え入りさうでしたたかなひとつのために燻らす線香

疳の虫切るとふ媼に小さき掌を順にあづけし火鉢囲みて

「青き実を投げし猿め」と一本気の祖父はひとしほ声を高めき

電飾のやうに明るみ柿の実は畑の隅に暮れなづみをり

さざめきて栗の実拾ふ見つからぬ茸のことはとうに忘れて

くるみパン

元凶はわれかも知れずいちやうの実潰れて臭ふ夜の道帰る

実らせてはならぬ寂しさ　声出してわが知る限りの花の名を言ふ

改札を出づれば勝手に足が向きくるみパン買ふリトルマーメイド

くるみパンをトレーに取りて一巡しまた立ち止まるくるみパンの前

わが町に店を開きてまる一年リトルマーメイド泡と消えずや

後手後手にまはってしまふ朝《あした》なり膨らみそこねたパンのごとゐる

ロゼワインの色と風味の曖昧にひと日の疲れ薄められゆく

極光《オーロラ》を二日続けて見し日より理由《わけ》なく麵麭に魅入られたりき

余禄

小学生に命を語る日野原氏九十六歳が暮のテレビに

居丈高に呼ばはりながらパトカーが通り過ぎたり明日より寅年

手のひらの皺をたどれど良きことの兆しは茫と捕へがたかり

たはむれに母の腕《かひな》の皺つまむ我は幻の曾孫にかあらむ

元旦の病室の窓の富士山を余禄と言ひて母に見せをり

雪の降る気配

昨日焼きし芝生の火照りを慈しむ嵩に積りぬ庭に降る雪

雪の降る気配伝はるスチールのひな段こぼつ下から順に

毛氈をはづしてひな段たたみたる畳にひとつ黄のこんぺい糖

新しき雪踏むごとき音たててりんご剝きをり朝のキッチン

早朝のキッチンに剝く内深く蜜を湛へし冬のりんごを

難しき人と言はれて杉のごと従兄は真つ直ぐ生き終はりたり

祖に倣ひ吉野の檜、杉材を商ふ従兄は木の匂ひせり

その刹那

当りたるためしなき勘と思へども電話の子機を枕頭に寝る

また我の思ひ過ごしと安らぎし途端電話の音に弾かる

かはるがはる温し柔しと母の手を握れど誰も組ませむとせず

今朝岐阜に出張したる弟をただに待ちたり母を囲みて

手放しで泣く妹の羨しかりわれははらから五人の長女

振り向きて「仕方ないよね」と弟はぼそりと言ひて母より離る

検温の時には異常なかりしと聞かされてをり数十分の後

母のほか知る人のなきその刹那　明白にありわれの不在は

母の通夜をひとりの子として過さむと僧衣まとはず義弟《おとうと》来たり

通夜果てて宗派異なる義弟の気持おさへて読む経ぬくし

無駄なものかなぐり捨てて膝の上の小さき壺に母は納まる

パスポート期限切れなれど一人発つ母に持たせてやるを忘れぬ

ちんまりと壺の中なる母抱きて電車の窓に見る二上山

人集ふ夢より解かれしその日より何故か目が覚む午前二時半

新盆

新仏九人の中の母と叔母回向されゐるふる里の盆

新入りの儀式受けゐる母と叔母老住職の声豊かなり

本堂の障子はほうと点りをり闇につつまれほほづきのごと

提灯の箱に貼られし母のメモ父の新盆に買ひしとありぬ

お釈迦さんに会へ ただらうか

お釈迦さんに会へ ただらうか赤トンボひとつも見ずに秋深まりぬ

長い長い熱暑途切れてゆるやかに食後を居れば救急車過ぐ

三熊野の照葉樹林が映りをり緑の翳が重くしたたる

裏のうらまた見てしまふ頭から墜落しさうな深い夏空

どこまでも一方通行　クラクション小さく鳴らして左へ逃げる

流れよりやうやく逸れて探しをり見知らぬ町に元の流れを

その辺りその辺りつてどの辺り炎天下ゆく縺れさうな足

時計

皺寄せは何故かわたしにさつきまで確かに居たのに椅子だけあつて
言ひ訳はみつともないと思へどもみつともないことしてをり我は

「お先に」とあつさり言はれ私もと言へずに椅子に座り直しぬ

皺深きブルドッグの顔膝折りてつくづく見ればつくづく見らる

ただ逃げてゐるのみならむ雨降れば雨に風吹けば風に従ふ

ひとり居て芯から寒き雨の昼子は携帯電話《ケイタイ》を忘れてゆきぬ

二、三分の狂ひはうべなひ捻子巻きし柱時計の見下ろす昭和

衝撃の半分いまだ残りゐて狂ひ始めた体内時計

入れない入ってはならぬ線引のあってもなくても外側に立つ

狂はない時計を持てば伸びやかにふくらむ時が失せてしまひぬ

あとがき

私の第二歌集です。一九九六年十一月から二〇一一年三月までに「未来」に発表した作品より四〇五首を選んで編みました。五十八歳から七十二歳の歌です。

年齢的にも漠然とした何かに抗いながら、焦りながら過ごした時期でしたが、丁度この頃ある歌会に誘って頂き皆様の豊富な知識に圧倒されながらも、沢山の事を学ばせてもらいました。そして個性豊かで元気のよい皆様に会える月一回の歌会が何よりの楽しみになり張り合いになりました。

又、なかなか上達しない私の歌をじっと我慢して見守って下さったご静養中の岡井隆先生には感謝の気持ちで一杯です。

そしてお忙しい中、選歌を快く引き受けて下さり、丁寧に選んで色々とご助言下さいました鶴見綾子様、最後になりましたが出版に当たりまして、前回同様、六花書林の宇田川寛之様には色々と相談に乗って頂き、細かいご配慮を頂きました。厚くお礼申し上げます。

二〇一九年夏

鈴木かず

まほろば

2019年11月10日　初版発行

著　者――鈴 木かず
〒216-0004
神奈川県川崎市宮前区鷺沼２－２－５

発行者――宇田川寛之

発行所――六花書林
〒170-0005
東京都豊島区南大塚３－24－10－１Ａ
電 話 03-5949-6307
FAX 03-6912-7595

発売――開発社
〒103-0023
東京都中央区日本橋本町１－４－９　ミヤギ日本橋ビル８階
電 話 03-5205-0211
FAX 03-5205-2516

印刷――相良整版印刷

製本――仲佐製本

ISBN978-4-907891-92-3 C0092